•Las aventuras de Nicolás•
Los cinco crayones

•Adventures with Nicholas•
The Five Crayons

Illustrated by Chris L. Demarest

Berlitz Kids™
Berlitz Publishing Company, Inc.

Princeton   Mexico City   Dublin
Eschborn   Singapore

Dear Parents,

The *Adventures with Nicholas* stories will create hours of fun and productive learning for you and your child. Children love sharing books with adults, and story-based learning is a natural way for your child to develop second language skills in an enjoyable and entertaining way.

In 1878, Professor Maximilian Berlitz had a revolutionary idea about making language learning accessible and enjoyable. Today Berlitz Kids™ products combine his time-tested principles with up-to-date research to ensure that children have the greatest possible success in learning a second language.

Just as listening to stories develops children's first-language skills, it is also one of the best ways to develop their knowledge of a second language. By the time children are about four years old, they usually enjoy hearing stories for as long as 15 minutes.

The materials you are holding in your hands—*Adventures with Nicholas*—are an engaging, positive way to present a second language to children. Each of the eight story episodes presents foreign-language words gradually, in context. The content and vocabulary have been carefully chosen to draw your child into the story. Use these stories with your child any time: as a play activity, during quiet time, or in the bedtime story hour.

Play the story side of the audio cassette for your child to listen to the story—accompanied by wonderful sound effects—while following along in the illustrated book. Play the other side for your child to sing along with the songs. As language experts have found, singing songs helps kids learn the sounds of a new language more easily. The cassette also features an audio dictionary to help your child learn pronunciations of key words.

As you listen to the stories, keep the mood light and easygoing, and take your cues from your child. Soon you'll be surprised at your child's increasing fluency.

Welcome!

The Editors at Berlitz Kids™

Un día en casa

A Day at Home

Juan y Nicolás son hermanos.
Juan tiene un resfriado.

John and Nicholas are brothers.
John has a cold.

—Nicolás, estoy aburrido.
¿Qué podemos hacer?

*"Nicholas, I'm bored.
What shall we do?"*

—¿Quieres leer?
¿Quieres jugar?
¿Quieres dibujar?

"Do you want to read?
Do you want to play?
Do you want to draw?"

—No quiero leer.
No quiero jugar.
Quiero dibujar.
¿Dónde están los crayones?

"I do not want to read.
I do not want to play.
I want to draw.
Where are the crayons?"

—Aquí está la caja de crayones.
¿Dónde están todos los crayones?

*"Here is the crayon box.
Where are all the crayons?"*

Los crayones no están sobre la mesa.
No están debajo de la cama.
No están en el piso.
¿Dónde están?

The crayons are not on the table.
They are not under the bed.
They are not on the floor.
Where are they?

La búsqueda de los crayones

The Crayon Hunt

Nicolás busca los crayones.
¡Ajá! Hay un crayón rojo en la cocina.
Está dentro de una taza.

Nicholas looks for the crayons.
Aha! There is a red crayon in the kitchen.
It is in a cup.

Hay un crayón azul en su dormitorio.
Está dentro de su zapato.

There is a blue crayon in his bedroom.
It is in his shoe.

Hay un crayón amarillo en la sala.
Está debajo de un sillón.

There is a yellow crayon in the living room.
It is under a chair.

Hay un crayón verde en el baño.
Está junto al cepillo de dientes.

There is a green crayon in the bathroom.
It is next to a toothbrush.

Hay un crayón blanco en el comedor.
Está en una bandeja.

There is a white crayon in the dining room.
It is on a tray.

—Aquí hay cinco crayones.
Uno, dos, tres, cuatro, cinco.
Rojo, blanco, azul, amarillo, verde.

"Here are five crayons.
One, two, three, four, five.
Red, white, blue, yellow, green."

El crayón rojo

The Red Crayon

—¿Qué cosas rojas te gustan, Juan?
—Me gustan las manzanas y las cerezas.
Me gustan los coches de bomberos.
Me gustan las rosas.

"What red things do you like, John?"
"I like apples and cherries.
I like fire trucks.
I like roses."

Nicolás dibuja un coche de bomberos.
Dibuja a los bomberos y una escalera.

Nicholas draws a fire truck.
He draws the firefighters and a ladder.

¡IU-IU-IU-IU!
—¡Mira! ¡El coche se mueve!
¡Nicolás, pasa la página!

EEEEEEE!
"Look. The truck is moving!
Nicholas, turn the page!"

—¡Mira! El coche se fue.
¿Qué dibujamos ahora?

*"Look. The truck is gone.
What shall we draw now?"*

Nicolás dibuja un árbol.
Dibuja manzanas rojas en el árbol.

Nicholas draws a tree.
He draws red apples on the tree.

Las manzanas caen del árbol.
Una, dos, tres, cuatro, cinco,
seis, siete, ocho, nueve, diez.
—¡Rápido! ¡Pasa la página!

Apples fall from the tree.
One, two, three, four, five,
six, seven, eight, nine, ten.
"Quick! Turn the page!"

4

El crayón azul

The Blue Crayon

—¿Qué cosas azules te
   gustan, Juan?
—Me gusta mi camisa azul.
Me gusta el cielo.
Me gusta la tinta azul.

"What blue things do you like, John?"
"I like my blue shirt.
I like the sky.
I like blue ink."

Nicolás dibuja un cielo azul.
Nicolás dice: —Es un día soleado.

Nicholas draws a blue sky.
Nicholas says, "It is a sunny day."

Juan dice: —Ahora hay viento.
¡Hay viento en mi habitación!
¡Rápido! ¡Pasa la página!

John says, "Now it is windy.
It is windy in my room!
Quick! Turn the page!"

No hay más viento.
¡No tienen que limpiar!

There is no more wind.
They do not have to clean up!

Nicolás dibuja un frasco de tinta azul.
También dibuja tinta azul.

Nicholas draws a blue ink bottle.
He draws blue ink too.

Pronto, los chicos tienen tinta en las manos.
Tienen tinta en las rodillas.
Tienen tinta en la cara.
Juan dice: —¡Pasa la página, Nicolás!

Soon the boys have ink on their hands.
They have ink on their knees.
They have ink on their faces.
John says, "Turn the page, Nicholas!"

5

El crayón amarillo

The Yellow Crayon

—¿Qué cosas amarillas te gustan, Juan?
—Me gusta el sol.
Me gustan los leones y las bananas.
Me gusta el autobús escolar.

"What yellow things do you like, John?"
"I like the sun.
I like lions and bananas.
I like the school bus."

Nicolás dibuja un autobús escolar amarillo.

Nicholas draws a yellow school bus.

Ahí va un auto.
Ahí va un camión.
Aquí viene el autobús.
¡Cuidado!

There goes a car.
There goes a truck.
Here comes the bus.
Look out!

—¡Qué bien!
El autobús se fue.

"Good!
The bus is gone."

32

Juan dice: —Dibuja un león.
Nicolás dice: —¡No! ¡Leones, no!

John says, "Draw a lion."
Nicholas says, "No! No lions!"

Juan dice: —¡Sí, un león!
Juan dibuja la cara de un león.
¡RRRRRRRRRR!
—¡Detén a ese león!
Nicolás pasa la página rápidamente.

John says, "Yes! A lion."
John draws a lion face.
ROARRRR!
"Stop that lion!"
Nicholas turns the page quickly.

El crayón verde

The Green Crayon

—¿Qué cosas verdes te gustan, Juan?
—Me gustan los árboles.
Me gustan las ranas.
Me gustan los loros.

"What green things do you like, John?"
"I like trees.
I like frogs.
I like parrots."

Nicolás dibuja un loro verde.
El loro tiene alas verdes y cola verde.

Nicholas draws a green parrot.
The parrot has green wings and a green tail.

—¡Hola! —dice el loro.
—¿Cómo estás? —pregunta Juan.
—¡Muy bien! —dice el loro.

"Hello!" says the parrot.
"How are you?" asks John.
"Fine!" says the parrot.

—¿Qué quieres ver ahora? —dice Nicolás.
—¡Ranas! —dice Juan.

"What do you want to see next?" says Nicholas.
"Frogs!" says John.

Juan dibuja una rana verde.
Dibuja más ranas.

John draws one green frog.
He draws more frogs.

¡Salta! ¡Salta!
Las ranas están sobre la cama.
Están sobre la silla.
¡Están en todas partes!
—¡Demasiadas ranas! —grita Juan.

Hop! Hop!
Frogs are on the bed.
They are on the chair.
They are everywhere.
"Too many frogs!" John yells.

El crayón blanco

The White Crayon

—¿Qué cosas blancas te gustan, Juan?
—Me gustan la nieve y la luna.
Me gustan las burbujas de jabón.

"What white things do you like, John?"
"I like snow and the moon.
I like soap bubbles."

Juan dibuja copos de nieve.
Cada copo de nieve es distinto.

John draws snowflakes.
Each snowflake is different.

Hay nieve sobre el piso.
Juan y Nicolás se ponen abrigos.
Hacen un hombre de nieve.
Juan dice: —Tengo frío.

There is snow on the floor.
John and Nicholas put on jackets.
They make a snowman.
John says, "I am cold."

Ya no hay nieve.
Nicolás y Juan se quitan los abrigos.

The snow is gone.
Nicholas and John take off the jackets.

Nicolás dibuja una barra de jabón blanco.
Dibuja algunas burbujas.

Nicholas draws a bar of white soap.
He draws some bubbles.

Ahora, hay mucho jabón.
Hay mucha espuma.
—¡Pasa la página, Nicolás! —grita Juan.

Now there is a lot of soap.
There are a lot of soapsuds.
"Turn the page, Nicholas!" John yells.

8 Todos los colores

All the Colors

Nicolás y Juan descansan.
Entra su hermana María.
María dice: —¿Cómo estás, Juan?

Nicholas and John are resting.
Their sister Maria comes in.
Maria says, "How are you, John?"

Juan dice: —Me siento mejor.
Nos estamos divirtiendo.
María dice: —Quiero ver tus dibujos.

John says, "I feel better.
We are having fun."
Maria says, "I want to see your drawings."

María ve los dibujos.
Ve rojo, azul, amarillo, verde y blanco.
Las manzanas, las ranas y la espuma saltan
de las páginas.

Maria sees the drawings.
She sees red, blue, yellow, green, and white.
Apples, frogs, and soapsuds jump off the pages.

—¿Dónde podemos guardar los dibujos?
    —pregunta Nicolás.
María sabe dónde.
Dibuja un cofre de tesoros.

"Where can we keep the drawings?" asks Nicholas.
Maria knows where.
She draws a treasure chest.

Nicolás pone todos los dibujos y los
crayones en el cofre.

*Nicholas puts all their drawings and
crayons in the chest.*

Nicolás dice: —Ahora podemos jugar con
   ellos otra vez.
Juan y Nicolás sonríen.

Nicholas says, "Now we can play with them again."
John and Nicholas smile.

Song Lyrics

Al tambor
The Drum Song

Al tambor, al tambor,
al tambor de la alegría,
yo quiero que tú me lleves
al tambor de la alegría.

Al tambor, al tambor,
al tambor de la alegría,
yo quiero que tú me lleves
al tambor de la alegría.

María, ¡oh! María.
María, amiga mía,
yo quiero que tú me lleves
al tambor de la alegría.

[Repeat first verse two times.]

The drum, the drum,
The drum of happiness.
I want you to take me
To the drum of happiness.

The drum, the drum,
The drum of happiness.
I want you to take me
To the drum of happiness.

Maria, oh! Maria
Maria my friend
I want you to take me
To the drum of happiness.

[Repeat first verse two times.]

A la víbora de la mar
To the Sea Serpent

A la víbora, víbora de la mar, de la mar,
por aquí pueden pasar;
los de adelante corren mucho,
y el de atrás se quedará,
    trás, trás, trás.

Una mexicana
que fruta vendía,
ciruela, chabacano,
melón y sandía, día, día.

Verbena, verbena,
jardín de matatena,
verbena, verbena,
jardín de matatena.

Campanita de oro
déjame pasar
con todos mis hijos
menos el de atrás, trás, trás, trás.

[Repeat verses 1–4.]

Oh, sea serpent, sea serpent,
You can go through here,
The ones in the front run fast,
And the one in the back will stay behind,
    tra la la.

A Mexican woman,
Who used to sell fruit,
Plums, apricots,
Melons and watermelons, da, da, da.

Market, market
Garden of jacks.
Market, market
Garden of jacks.

Little gold bell,
Let me go through,
With all my children,
Except the one in the back, tra la la.

[Repeat verses 1–4.]

El patio de mi casa
The Patio in My House

El patio de mi casa,	*The patio in my house,*
como es particular,	*Is a private space,*
se lava y se limpia	*It gets cleaned*
como los demás.	*Like all the others.*
Agáchense	*Crouch down*
y vuélvanse a agachar,	*And crouch down again,*
los niños bonitos	*The cheerful children*
se vuelven a agachar.	*Crouch down again.*
Chocolate, molinillo	*Chocolate, grinder*
que se guarda en el bolsillo.	*That you keep in your pocket.*
¡Tienes cara de zorrillo!	*You have the face of a little skunk!*
Dicen que soy,	*They say that I am*
que soy una cojita	*That I am a lame little person*
y si lo soy,	*And if I am,*
lo soy de a mentiritas.	*I am faking it.*
[Repeat verse.]	[Repeat verse.]
El patio de mi casa,	*The patio in my house,*
como es particular,	*Is a private space,*
se lava y se limpia	*It gets cleaned*
como los demás.	*Like all the others.*
Agáchense	*Crouch down*
y vuélvanse a agachar,	*And crouch down again,*
los niños bonitos	*The cheerful children*
se vuelven a agachar.	*Crouch down again.*
Chocolate, molinillo	*Chocolate, grinder*
que se guarda en el bolsillo.	*That you keep in your pocket.*
¡Tienes cara de zorrillo!	*You have the face of a little skunk!*
Dicen que soy,	*They say that I am*
que soy un cojito	*That I am a lame little person*
y si lo soy,	*And if I am,*
lo soy de a mentiritas.	*I am faking it.*
[Repeat verse.]	[Repeat verse.]
El patio de mi casa,	*The patio in my house,*
como es particular,	*Is a private space,*
se lava y se limpia	*It gets cleaned*
como los demás.	*Like all the others.*

Los diez perritos
The Ten Puppies

Yo tenía diez perritos,	*I used to have ten puppies*
yo tenía diez perritos,	*I used to have ten puppies*
los diez eran graciositos,	*The ten of them were funny,*
los diez eran graciositos,	*The ten of them were funny,*
sitos, sitos, sitos, sitos.	*Unny, unny, unny, unny.*
De los diez que yo tenía,	*Of the ten I had,*
de los diez que yo tenía,	*Of the ten I had,*
uno se cayó en la nieve,	*One fell in the snow.*
ya no más me quedan nueve,	*Now I have only nine left,*
nueve, nueve, nueve, nueve.	*Nine, nine, nine, nine.*
De los nueve que tenía,	*Of the nine I had,*
de los nueve que tenía,	*Of the nine I had,*
uno se comió un bizcocho,	*One ate a cake.*
ya no más me quedan ocho,	*Now I have only eight left,*
ocho, ocho, ocho, ocho.	*Eight, eight, eight, eight.*
De los ocho que tenía,	*Of the eight I had,*
de los ocho que tenía,	*Of the eight I had,*
uno se escondió en la fuente,	*One hides in the fountain.*
ya no más me quedan siete,	*Now I have only seven left,*
siete, siete, siete, siete.	*Seven, seven, seven, seven.*
De los siete que tenía,	*Of the seven I had,*
De los siete que tenía,	*Of the seven I had,*
uno se ensució los pies,	*One got his feet dirty.*
ya no más me quedan seis,	*Now I have only six left,*
seis, seis, seis, seis.	*Six, six, six, six.*
De los seis que yo tenía,	*Of the six I had,*
de los seis que yo tenía,	*Of the six I had,*
uno se escapó de un brinco,	*One jumped out and escaped.*
ya no más me quedan cinco,	*Now I have only five left,*
cinco, cinco, cinco, cinco.	*Five, five, five, five, five.*
De los cinco que tenía,	*Of the five I had,*
de los cinco que tenía,	*Of the five I had,*
uno se metió en un teatro,	*One went into a theater.*
ya no más me quedan cuatro,	*Now I have only four left,*
cuatro, cuatro, cuatro, cuatro.	*Four, four, four, four.*
De los cuatro que tenía,	*Of the four I had,*
de los cuatro que tenía,	*Of the four I had,*
uno se lo di a Andrés,	*I gave one to Andrés.*
ya no más me quedan tres,	*Now I have only three left,*
tres, tres, tres, tres.	*Three, three, three, three.*

De los tres que yo tenía,
de los tres que yo tenía,
uno ya me dijo adiós,
ya no más me quedan dos,
dos, dos, dos, dos.

De los dos que yo tenía,
de los dos que yo tenía,
uno se lo di a Bruno,
ya no más me queda uno,
uno, uno, uno, uno.

De ese uno que tenía,
de ese uno que tenía,
fue a tomar su limonada,
hoy ya no me queda nada,
nada, nada, nada, nada.

Of the three I had,
Of the three I had,
One has already said good-bye to me.
Now I have only two left,
Two, two, two, two.

Of the two I had,
Of the two I had,
I gave one to Bruno.
Now I have only one left,
One, one, one, one.

The one I had
The one I had
Went to have a lemonade.
Now I have none,
None, none, none, none.

Los elefantes
The Elephants

Un elefante se columpiaba
sobre la tela de una araña;
como veía que resistía,
fue a llamar a otro elefante.

Dos elefantes se columpiaban
sobre la tela de una araña;
como veían que resistía,
fueron a llamar a otro elefante.

Tres elefantes se columpiaban
sobre la tela de una araña;
como veían que resistía,
fueron a llamar a otro elefante.

Cuatro elefantes se columpiaban
sobre la tela de una araña;
como veían que resistía,
fueron a llamar a otro elefante.

Cinco elefantes se columpiaban
sobre la tela de una araña;
como veían que resistía,
fueron a llamar a otro elefante,
fueron a llamar a otro elefante.

One elephant was swinging
On a spiderweb;
Since it saw that the web didn't break,
It went to call another elephant.

Two elephants were swinging
On a spiderweb;
Since they saw that the web didn't break,
They went to call another elephant.

Three elephants were swinging
On a spiderweb;
Since they saw that the web didn't break,
They went to call another elephant.

Four elephants were swinging
On a spiderweb;
Since they saw that the web didn't break,
They went to call another elephant.

Five elephants were swinging
On a spiderweb;
Since they saw that the web didn't break,
They went to call another elephant,
They went to call another elephant.

Vamos a la mar
Let's Go to the Sea

Vamos a la mar, tun, tun,
a comer pescado, tun, tun,
fritito y asado, tun, tun,
en sartén de palo, tun, tun.

Vamos a la mar, tun, tun,
a comer pescado, tun, tun,
boca colorada, tun, tun,
en sartén de palo, tun, tun.

Vamos a la mar, tun, tun,
a comer pescado, tun, tun,
fritito y asado, tun, tun,
en sartén de palo, tun, tun.

Vamos a la mar, tun, tun,
a comer pescado, tun, tun,
boca colorada, tun, tun,
en sartén de palo, tun, tun.

Vamos a la mar, tun, tun,
a comer pescado, tun, tun,
fritito y asado, tun, tun,
en sartén de palo, tun, tun.

Vamos a la mar, tun, tun,
a comer pescado, tun, tun,
boca colorada, tun, tun,
en sartén de palo, tun, tun,
boca colorada, tun, tun,
en sartén de palo, tun, tun.

Let's go to the sea, dum, dum,
To eat fish, dum, dum,
Fried and baked, dum, dum,
In a frying pan, dum, dum.

Let's go to the sea, dum, dum,
To eat fish, dum, dum,
Red mouth, dum, dum,
In a frying pan, dum, dum.

Let's go to the sea, dum, dum,
To eat fish, dum, dum,
Fried and baked, dum, dum,
In a frying pan, dum, dum.

Let's go to the sea, dum, dum,
To eat fish, dum, dum,
Red mouth, dum, dum,
In a frying pan, dum, dum.

Let's go to the sea, dum, dum,
To eat fish, dum, dum,
Fried and baked, dum, dum,
In a frying pan, dum, dum.

Let's go to the sea, dum, dum,
To eat fish, dum, dum,
Red mouth, dum, dum,
In a frying pan, dum, dum,
Red mouth, dum, dum,
In a frying pan, dum, dum.

La Tarara
Tarara

Tiene la Tarara un jardín de flores
y me da, si quiero, siempre las
    mejores.
La Tarara sí, la Tarara no,
la Tarara, madre, que la bailo yo.

Tiene la Tarara un cesto de frutas
Y me da, si quiero, siempre las
    maduras.
La Tarara sí, la Tarara no,
la Tarara, madre, que la bailo yo.

Tarara has a garden of flowers,
And she always gives me the best ones,
    if I want them.
Tarara yes, Tarara no,
Tarara, mother, I dance.

Tarara has a basket of fruit,
And she always gives me the ripe ones,
    if I want them.
Tarara yes, Tarara no,
Tarara, mother, I dance.

Tiene la Tarara un jardín de flores
y me da, si quiero, siempre las
   mejores.
La Tarara sí, la Tarara no,
la Tarara, madre, que la bailo yo.

Tarara has a garden of flowers,
And she always gives me the best ones,
   if I want them.
Tarara yes, Tarara no,
Tarara, mother, I dance.

El barco chiquito
The Little Boat

Había una vez un barco chiquito,
había una vez un chiquito barco,
había una vez un barco chiquito
que no podía, que no podía,
que no podía navegar.

Once I had a little boat,
Once I had a little boat.
Once I had a little boat
That couldn't, that couldn't,
That couldn't sail.

Pasaron una, dos, tres, cuatro,
cinco, seis, siete semanas,
pasaron una, dos, tres, cuatro,
cinco, seis, siete semanas.

One, two, three, four,
Five, six, seven weeks went by,
One, two, three, four,
Five, six, seven weeks went by.

Pasaron una, dos, tres, cuatro,
cinco, seis, siete semanas,
y los víveres, y los víveres
se empezaron a escasear.

One, two, three, four,
Five, six, seven weeks went by,
And the supplies, and the supplies
Were getting used up.

Y si la historia no les parece larga,
y si la historia no les parece larga,
y si la historia no les parece larga,
volveremos, volveremos,
volveremos a empezar.

And if you don't think the story is long enough,
And if you don't think the story is long enough,
And if you don't think the story is long enough,
We will start, we will start,
we will start over again.

English/Spanish Picture Dictionary

Here are some of the people, places, and things that appear in this book.

apple
manzana

bed
cama

banana
banana

bedroom
dormitorio

bar of soap
barra de jabón

box
caja

bathroom
baño

brother
hermano

bubbles
burbujas

bus
autobús

car
auto

chair
silla

cherry
cereza

crayon
crayón

cup
taza

dining room
comedor

drawing
dibujo

face
cara

firefighter
bombero

fire truck
coche de bomberos

floor
piso

frog
rana

hand
mano

ink bottle
frasco de tinta

jacket
abrigo

kitchen
cocina

knee
rodilla

ladder
escalera

lion
león

living room
sala

moon
luna

parrot
loro

rose
rosa

school bus
autobús escolar

shirt
camisa

shoe
zapato

sister
hermana

snow
nieve

snowman
hombre de nieve

sun
sol

table
mesa

tail
cola

toothbrush
cepillo de dientes

tray
bandeja

treasure chest
cofre de tesoros

tree
árbol

truck
camión

wing
ala

Word List

a	coche	está	mira	siento
abrigos	coches	estamos	mucha	siete
aburrido	cocina	están	mucho	silla
ahí	cofre	estás	mueve	sillón
ahora	cola	estoy	muy	sobre
¡ajá!	colores	frasco	Nicolás	sol
al	comedor	frío	nieve	soleado
alas	cómo	fue	no	son
algunas	copos	grita	nos	sonríen
amarilla	cosas	guardar	nueve	su
amarillas	crayón	gusta	ocho	también
amarillo	crayones	gustan	otra	taza
aquí	cuatro	habitación	página	te
árbol	cuidado	hacen	páginas	tengo
árboles	de	hacer	partes	tesoros
auto	debajo	hay	pasa	tiene
autobús	del	hermana	piso	tienen
azul	demasiadas	hermanos	podemos	tinta
azules	dentro	hola	pone	todas
bananas	descansan	hombre de	ponen	todos
bandeja	detén	nieve	pregunta	tres
baño	día	¡IU-IU-IU-IU!	pronto	tus
barra	dibuja	jabón	que	un
bien	dibujamos	Juan	qué	una
blanca	dibujar	jugar	quieres	uno
blancas	dibujos	junto	quiero	va
blanco	dice	la	quitan	ve
bomberos	dientes	las	rana	ver
burbujas	diez	leer	ranas	verde
busca	distinto	león	rápidamente	verdes
búsqueda	divirtiendo	leones	rápido	vez
cada	dónde	limpiar	resfriado	viene
caen	dormitorio	loro	rodillas	viento
caja	dos	loros	roja	y
cama	el	los	rojas	ya
camión	ellos	luna	rojo	zapato
camisa	en	manos	rosas	
cara	entra	manzanas	sabe	
casa	episodio	María	sala	¿Cómo estás?
cepillo	es	más	salta	debajo de
cerezas	escalera	me	saltan	dentro de
chicos	escolar	mejor	se	
cielo	ese	mesa	seis	
cinco	espuma	mi	sí	

64